DITT LIVS AFFÄR

时间的礼物

〔瑞典〕弗雷德里克·巴克曼 著　　孙璐 译

天津出版传媒集团

天津人民出版社

亲爱的朋友：

　　这是一篇讨论你该做哪些准备才能拯救生命的短故事，这个问题涉及你的未来和过去，关乎你要去的地方和你会留下怎样的足迹。那么，你会为了谁而献出自己的人生呢？

　　2016 年圣诞节前的一个深夜，我匆忙写下这个故事，我的妻子和孩子们就在距离我几步之遥的地方熟睡。经历了漫长却并不轻松的一年，那时的我相当疲倦，此前我一直在思索为家庭做出选择的问题，我们无时无刻不在选择，不是选这条路，就是选那条路，要么出门玩耍，要么待在家里，与喜欢的人相爱，在彼此身旁睡着。有时候，我们需要全心投入地爱一个人，才会理解时间究竟意味着什么。

所以我试图讲述一个关于时间和选择的故事。

　　这个故事最初发表在我的故乡赫尔辛堡的报纸上。赫尔辛堡位于瑞典的最南端，故事里提到的所有地方都是真的——医院附近的街角有我读过书的学校，书中人物喝酒的酒吧老板是我童年时代的几位朋友，有好几次，我在那里喝得酩酊大醉。要是你有机会来赫尔辛堡，我强烈推荐你去那个酒吧逛逛。

我现在和家人住在赫尔辛堡以北六百公里的斯德哥尔摩，所以，出于怀旧情结，我认为这个故事不仅讲出了我那天晚上（我坐在妻子和孩子们床边的地板上）对爱和死亡所产生的感受，也提到我对自己长大的地方的感觉。也许每个人内心深处都会觉得，故乡是你永远无法真正逃离的地方，但你再也无法真正回到过去，因为那里不再是你的家，假如你始终没办法和故乡的房屋草木、街道砖瓦握手言和，不妨先试着理解和原谅过去的那个自己，原谅我们并没有成为自己曾经向往成为的那个人。

也许你会觉得这个故事很奇怪，当然，对于这一点，我也不怎么确定，但好在它不是很长，应该很快就能读完。无论如何，至少我是希望年轻时的自己能够读到这本书，然后觉得它……嗯……怎么说呢……还不赖，放下书，年轻时的我和现在的我还可以一起喝杯啤酒，聊一聊人生中的那些选择，我会给他看我的全家福，他可能会说："不错，你过得很不错。"

故事就是这样的，谢谢你花时间读它。

——爱你们的弗雷德里克·巴克曼

DITT LIVS AFFÄR

　　嗨，我是你爸爸。你很快就会醒了，这里是赫尔辛堡，时间是平安夜的早晨，我刚才杀了一个人。没错，我知道，童话故事的开头一般不是这样的，可我刚刚夺走了一条人命！那么问题来了，我该不该告诉你被我杀掉的那个人是谁呢？

也许不应该。因为大多数人都一厢情愿地相信，每一颗停止跳动的心脏都值得我们一视同仁地悼念，绝对没有高低贵贱、亲疏远近之分，假如有人问我们："所有生命都是平等的吗？"大多数人都会响亮地回答："是的！"然而，如果有人指着某个我们爱的人问："那这个人的生命呢？"答案恐怕就不会那么一致了。

假如我杀的是个好人呢？一个被爱着的人呢？一个有价值的人呢？

假如死去的是个孩子，又会怎么样？

她今年才五岁。一周之前我遇见了她。医院的休息室里有一把红色的小椅子，那是她的。她刚来的时候，椅子还不是红的，但她看出椅子想要变成红色的，就帮了点忙，把它涂成了红色，足足用了二十二盒蜡笔。这倒没关系，反正她负担得起，因为这里的每个人都会送她蜡笔做礼物，仿佛她可以用蜡笔把自己身上的病涂抹掉似的，仿佛那些针头和药片见到了五彩的颜色，就不再是针头和药片。当然,她知道这是不可能的,她是一个聪明的孩子,但为了不辜负他们的好心,她必须假装这一切都是可能的,于是她每天都在纸上涂涂画画,因为这样可以让所有的大人都高兴起来。到了晚上,她还会给椅子涂颜色,因为它真的希望变成红的。

她有一个毛绒玩具,一只兔子。她叫它"渡渡"。给兔子玩具取名字的时候,她刚刚学会说话,大人们猜测,她之所以叫它"渡渡",是因为发不准"兔兔"的音,可她是真的想叫它"渡渡",因为它的名字本来就叫"渡渡",不能随便给它改名——哪怕对于成年人来说,这个道理也不难理解,对不对?渡渡有时候会觉得害怕,它一害怕就必须坐在那把红椅子上,虽然并没有临床证据表明红色的椅子能够让你不那么害怕,但渡渡不知道这一点。

渡渡害怕的时候,小女孩会坐在旁边的地板上,拍着它的爪子,给它讲故事。有天晚上,我躲在走廊的角落里,听见她说:"我很快就要死了,渡渡,每个人都会死,只不过,大多数人几百万年以后才会死,而我明天

就可能死。"说完这些，她又很小声地补充了一句：
"我希望不要是明天。"

她突然惊恐地抬起头，打量着周围，似乎听到走廊
里有脚步声。然后，她飞快地抱起渡渡，对红椅子小声
说了晚安。"是她！她来了！"小女孩低声叫着，跑进
她的房间里，钻到她妈妈旁边的被子底下，躲了起来。

我也跑了。我一直都在东躲西藏，因为每天晚上都
有个穿着厚厚的灰色针织毛衣的女人在医院的走廊里巡
逻，她捧着一个文件夹，里面写着我们所有人的名字。

今天是圣诞前夜，当你醒来的时候，雪很可能已经
化了。赫尔辛堡的雪总是化得很快。只有在这里，我才
分辨得出风是从地底的什么方向钻出来的。它总是贴着
地面刮过来，气势汹汹，就像要搜你的身一样。在这
里，打伞的人最好是把伞倒过来拿，才能保护自己不被
风吹到。虽然我就出生在这里，但我从来不习惯倒着打
伞，所以赫尔辛堡和我永远都不可能握手言和。也许每
个人都会如此看待自己的家乡：我们出生和长大的地方从
来不跟我们道歉，从来不承认它误解了我们。它只会稳稳

地坐在高速公路的另一头，口中念念有词："你现在或许有钱了，翅膀硬了，可能还会戴着名贵手表、穿着漂亮衣服回到我这里来，但你可骗不了我，因为我知道你骨子里是什么样的人，不就是个胆小如鼠的小屁孩嘛！"

昨天晚上，我遇见了死神。她和我并肩站在我那辆撞坏了的汽车旁边，到处都有我的血。那个穿灰色针织毛衣的女人不以为然地看着我，说："你不应该来这里的。"我很怕她，因为我一向以胜利者和幸存者自居，幸存者都怕死，正因为怕死，所以我们才活到了现在。我的脸被切成了碎片，肩膀脱臼，整个身体被困在一堆标价一百五十万克朗的钢材和所谓的"高科技"里。

看到那个女人的时候，我急忙喊道："带别人走吧！我能找到替死鬼！"

可她只是向前倾了倾身子，非常失望地对我说："没有这种规矩。况且我说了也不算，我只是个负责物流和运输的。"

"对谁负责？上帝还是魔鬼？还是……别的什么人？"我哭丧着脸问。

她叹了口气："我最讨厌搞关系，只喜欢埋头做事。把我的文件夹还给我。"

我不是出了车祸才进医院的，我早就住在医院里了，因为癌症。六天前，我第一次见到那个小女孩。当时，为了不被护士发现，我正躲在消防通道里抽烟，他们总喜欢絮絮叨叨地提起抽烟的坏处，说得好像香烟真的可以那么迅速地干掉我似的。

通向走廊的门半遮半掩，我听见小女孩和她妈妈在休息室里说话，他们每天晚上都玩同一个游戏。整座医院非常安静，你都能听到雪花落在玻璃上的声音，好像晚安吻一样轻柔。只听妈妈轻声问女儿："你长大了以后，想要干什么呀？"

其实，小女孩是为了让妈妈开心才玩这个游戏的，不过她假装成为了哄自己高兴。她笑着回答说"医生"和"工程师"，又补充了一个"太空猎人"，她从小最想当的就是太空猎人。

后来，妈妈坐在一把扶手椅上睡着了，小女孩守在她身边，继续给那把想要变成红色的椅子涂颜色，还和那只本来就叫渡渡的兔子玩具聊天。"死了以后会不会觉得冷呢？"她问渡渡，但是渡渡不知道，所以，为了安全起见，小女孩往自己的背包里塞了一副厚厚的手套。

小女孩透过门上的玻璃看到了我，可她一点都不害怕，这也是我对她的父母非常不满意的地方：他们是怎么教育孩子的？我，一个四十五岁的老烟鬼，隔着消防通道的门玻璃，盯着他们的女儿看，这个小孩却压根儿不害怕！还朝我招了招手！于是……我也朝她招了招手，她握着渡渡的爪子，走到门边，通过门缝和我说话。

"你也得了癌症吗？"

"是的。"我说，因为这是事实。

"你是名人吗？妈妈的报纸上有你的照片。"

"是的。"我回答，因为这也是事实。报纸上只提到了我的钱，还没有人知道我病了，可我不是普通人，连我的诊断报告都能上新闻，我死的时候更不会悄无声息，大家都会知道我的死讯。而这个五岁的小女孩死了以后，没人会写新闻报道她，晚报上也不会出现纪念她的文章。她还太小，世上的大人物已经够多了，没人在意这样一个默默无闻的小家伙。而他们之所以关注我，是因为我会给这个世界留下东西，我是有事业、财产和资本的成功人士，我和你们不一样，钱对我来说并不是钱，没错，我存钱，也数钱，但我从来不担心缺钱，钱在我眼里只是数字，是衡量我有多么成功的工具。

"我的癌症和你的癌症可是不一样的呦。"我对小女孩说。这一点是诊断报告里唯一让我感到安慰的地方，医生曾经抱歉地和我解释："你得了一种非常非常罕见的癌症。"

瞧见没有，我连癌症都和你们得的那些普通的癌症不一样。

小女孩镇静地眨了眨眼睛，问："死了以后会不会觉得冷？"

"我不知道。"我说。

其实我应该说点别的，比如讲几句大道理或者好听的话，但我不是那样的人，所以我只是扔掉香烟，咕咕哝哝地告诉小女孩："别在家具上乱画。"

我知道你是怎么看我的：真是一个王八蛋。没错，你说得对，不过，绝大多数成功人士可不是后来才变成王八蛋的，我们早在成功之前就是王八蛋了，这就是我们成功的原因。

"得了癌症就可以在家具上画画了，"小女孩突然耸了耸肩，说，"不会有人说你什么的。"

虽然不太明白她是什么意思，我却笑出了声，我上一次笑是什么时候来着？小女孩也笑了，然后她就抱着渡渡跑回她的房间里去了。

杀人是很容易的，一个像我这样的杀人犯，只需要一辆车和几秒钟的时间就能杀死一个人，因为你这样的人相信我这样的人。当你驾驶着几千公斤重的金属制造出来的汽车，以每小时上百公里的速度在夜幕中飞驰，而你最爱的人就在汽车后座上熟睡的时候，假如某个像我这样的人开车从相反方向朝你逼近，你不会想到我的刹车系统可能失灵，也不认为这时的我也许会在座位之间摸索自己的手机，不相信我会超速行驶，或者为了挤走眼中的泪水而拼命眨眼睛，不小心开到反向车道上去，抑或是故意关掉大灯，把车停在111号高速路入口的导流线，只等着过路的车撞上来。你相信我，不觉得我会醉驾，更想不到我打算杀了你。

今天早晨，那个穿灰毛衣的女人把我从残破的汽车里拖了出来，把我的血从她的文件夹上抹掉。

"带走……别人吧。"我恳求道。

她抿着嘴，无奈地用鼻孔深深吸气，缓缓喷出。

"规则并不是你想的那样，我的法力也没那么高，不能一命换一命，只能一生换一生。"

"那就一生换一生！"我尖叫起来。

女人忧伤地摇了摇头，伸出手来，从我的前胸口袋里抽出一支香烟，烟卷已经压弯了，幸好还没碎，她叼着烟，慢慢地吸了两大口。

"其实我已经放弃了。"她戒备地说。

躺在地上流着血，我指了指她的文件夹。

"我的名字在里面？"

"每个人的名字都在里面。"

"'一生换一生'，什么意思？"

她恼火地嘟囔了一声。

"你可真是个白痴，一直都是。"

在人生中的某个时间段，你可是完全属于我的，儿子。

医院里的小女孩让我想起了你，想起你出世的时候发生的那件事：你哭得很大声，听到你的声音，我头一次为了除自己之外的人感到心痛，意识到自己无法和拥有这种力量的人待在一起。

每个做父母的人，有时开车回到家门口，会先在车里静静地坐上五分钟。这是为了调整呼吸，鼓起勇气，好再次踏进门槛，重新承担起所有的责任，应付那些令人窒息的期待。他们偶尔还会在楼道里愣愣地站上几秒钟，手里拿着钥匙酝酿情绪，并不急于打开家门。老实说，每次没酝酿多久，我都会受不了，产生拔腿就逃的冲动。正因如此，你小的时候，我经常出差，或者找借口不在家里待。你和那个小女孩年纪差不多大的时候，曾经问我整天都在忙些什么，我说赚钱，你说人人都在赚钱，我说："不，大多数人只是生存而已，他们觉得自己做的事情有价值，其实不是这样，有价值的东西几乎不存在，它们只有价格，价格取决于期望，我就是利用人们的期望来做生意的。世界上唯一有价值的东西就是时间，一秒钟就是一秒钟，没有讨价还价的余地。"

你现在看不起我，因为我把人生中的每分每秒都贡献给了工作，可我至少没有浪费时间，我为那些分分秒秒找到了正经的归宿。你朋友们的父母又把时间用在了哪里？是烧烤派对、泡吧还是打高尔夫？度假还是看电视？他们会给这个世界留下什么？

你现在恨我，但你曾经也是我的。有一次，你坐在我的腿上，被满是星星的天空吓得瞪大了眼睛，因为你听别人说，星星并不是真的在我们的头顶，而是在我们脚下，因为地球转得很快，所以假如你又小又轻，很容易被地球甩出去，掉进群星之间的黑暗深渊。当时，前

廊的门敞开着，你妈妈在听莱昂纳德·科恩的歌。我告诉你，我们其实生活在一个舒服的山洞里面，天空就是挡住洞口的透明罩子。"那星星是什么？"你问。我说，星星是夜幕上的裂缝，透过这些裂缝，光才能照进来。我又说，在我心里，你的眼睛是和星星一样的东西，也是透光的裂缝，光顺着这样的小裂缝一点一点地漏出来。你听了哈哈大笑，那以后你还这么大声地笑过吗？我也笑了。我，一个立志过得比任何人都要好的人，却有个宁愿活得平凡普通的儿子。

客厅里，你妈妈调高乐曲的音量，笑着跳起了舞，你往我的腿上又爬了爬。虽然好景不长，但那时我们是一家人，我属于你们两个，哪怕只是暂时的。

我知道你希望自己有个平凡的父亲，不用出差、没有名气、仅仅被自己的孩子关注就感到很快乐，不需要别人的注目。你不希望每次说出自己姓什么之后，都会听到有人问："不好意思，你爸爸是不是……"可我远没有那么平凡，以至于从来没送过你上学，没有拉过你的手，没帮你吹灭过生日蜡烛，没让你把小脑袋靠在我的锁骨上，听我读睡前故事，更不会在第四个故事读到一半的时候躺在你的床上睡着，然而你会拥有其他人渴望的一切：财富与自由。没错，我抛弃了你，可我至少在抛弃你的同时满足了你物质方面的所有需要。

但你关心的不是这些，对吗？你是你妈妈的儿子，她比我聪明。因为这个，我从来没能彻底原谅她。她也比我感性，这是她的弱点，意味着我可以用言语伤害她。你可能不记得她是什么时候离开我的，那时候你还很小，我竟然丝毫没有注意到她离开了我。一次旅行之后，我回到家，过了两天才意识到你们两个已经都不在那里了。

过了几年，你十一、二岁的时候，你们两个不知为了什么大吵一架，你半夜坐巴士来找我，说想和我住在一起，却被我拒绝了。你完全不知所措，坐在我家走廊的地毯上哭个不停，一会儿抽泣，一会儿哀嚎，尖叫着说这不公平。

我看着你的眼睛，说："人生本来就不公平。"

你咬住自己的嘴唇，垂下眼睛回应道："算你走运。"

也许就是从那天开始，你不再属于我，我失去了你，但我对此也并非十分确定，因为，假如真的是这样的话，说明我错了，人生其实是公平的。

四天前的那个晚上，小女孩又跑过来敲我的窗户。

"你想玩吗？"她问。

"什么？"我说。

"我很无聊。你想玩吗？"

我告诉她该睡觉了，因为我就是你想象中的那种残忍的人，会对一个快要死了、想和我玩的五岁小女孩说"不"。她抱着渡渡朝自己房间走去，半路上却又回过头来，看着我问："你也很勇敢吗？"

"什么？"

"大家总是说我很勇敢。"

看到她的眼皮抖个不停，我诚实地回答："不要那么勇敢，要是你害怕，那就害怕好了，害怕的人才会活下来。"

"你呢？你怕那个拿文件夹的女人吗？"

我冷静地嘬了一口烟，慢慢地点点头。

"我也是。"女孩说。

她转过身去，抱着渡渡继续往房间走，那一刻，我突然不知道自己是怎么了，也许我的身上出现了大裂缝，里面的光趁机漏了出来，要么就是外面的光漏了进去。我不是魔鬼，我认为癌症也应该有年龄限制，于是我在小女孩的身后叫道："但今天晚上你不用害怕，我会在这里守着，不让她今晚去找你。"

女孩笑了。

第二天早晨，坐在走廊地板上的我醒过来，听到小女孩和她妈妈在玩一个新游戏。妈妈问："你想邀请谁参加明年的生日派对呀？"尽管她知道女儿不会再有下一个生日派对。小女孩也很配合地陪妈妈玩游戏，她报出了一大串自己喜欢的人的名字，对一个五岁的小孩来说，那真是一张很长很长的名单，而且我的名字也在里面。

我是个利己主义者，你应该早就知道了吧，你妈妈经常尖叫着大骂我自私自利，从来不为别人着想，只知道媚上欺下。她说得对，我不停地踩着别人的肩膀往上爬，直到最后不再有人踩在我的肩膀上。

可你知道我自私到什么程度了吗？你既然知道我什么都能用钱买到手，世界上也没有我卖不出去的东西，那你觉得我会不会踩着别人的尸体当垫脚石呢？我会杀人吗？

我从来没告诉过你，我曾经有个双胞胎兄弟，我们出生的时候他就死了，也许因为这个世界只能容下我们两人的其中之一，而我的求生欲更强，想要的更多。我是踩着他的尸体爬出我妈妈的子宫的，从那时开始，我就是赢家。

拿文件夹的女人不止出现在医院里，许多照片上也有她。有时候，我妈妈晚上一个人喝得醉醺醺的，会忘记把这一类的照片藏起来。从照片上，你会看到那个女人无处不在，有时鬼鬼祟祟地躲在窗外，并不处于镜头的中心，有时则是走廊里的一团模糊的暗影。其中一张我们出生之前的照片里，我父母在加油站排队，她就站在他们身后，怀着孕的妈妈大腹便便，爸爸在笑，我从

来没见过他笑得如此开怀，在我的记忆中，他偶尔只会微微一笑。

五岁的时候，我在铁轨旁边看到那个拿文件夹的女人，我打算横穿铁轨，她却从铁轨对面一下子蹿过来，嘴里喊着什么。我惊呆了，手足无措地站在原地，火车转瞬之间开到了面前，巨大的轰鸣声吓得我跌倒在地，火车离开之后，她也不见了。

十五岁的时候，我和最好的朋友爬到库拉博格的海边礁石上玩，爬了一半的时候，一个穿灰毛衣的女人与我们擦肩而过。"小心点，这些石头下雨的时候会很滑。"她嘟囔道。直到她消失，我才想起她是谁。一个小时之后，天开始下雨，我最好的朋友脚上一滑，摔破了脑袋，为他举行葬礼的时候，雨还在下，似乎根本不打算停下来。离开教堂时，我看见那个女人站在外面的广场上，撑着一把伞，可雨水依然星星点点地打在她的脸颊上，简直跟赫尔辛堡的雨一个德性。

我爸爸生病时，我在护理中心他的房间外面看到了她，那是他在世的最后一晚。当时我从厕所出来，她没注意到我，依然穿着那件灰色毛衣，拿一支黑铅笔在文件夹里写写画画。第二天早晨，爸爸去世了。

　　妈妈生病时，我在国外工作。和我打电话时，她的声音很虚弱，好像耳语："医生说一切正常。"这是为了不让在外工作的我担心她会突然死掉。我的父母总是希望一切看上去都正常，自从我的兄弟死去之后，他们就只求和普通人一样，过平淡的日子，也许这就是我变得出类拔萃的原因——出于和父母对着干的叛逆心理，立誓绝不随波逐流。妈妈去世后，我聘请了一位评估师给她的公寓和财产估价，他把评估照片发给了我，其中的一张里，卧室的地板上躺着一支黑色的铅笔。我回到家时，却发现铅笔不见了，妈妈的拖鞋摆在走廊里，鞋底上沾着几团小小的灰色羊毛绒。

　　我辜负了你，父亲应该教孩子做人，可是你也让我失望了。

　　去年秋天，你在我生日那天给我打电话，我四十五岁了，你刚满二十岁，你说你在老蒂沃利大厦找到一份工作。为了给新兴的私人公寓腾空间，市里把整座大厦平移到了广场对面，说到"私人"这个词的时候，你的语气中透着厌恶，因为我们是那么的不同，你看到的是历史，我看到的却是发展，你看到怀旧，我看到弱点。我本可以给你一份工作，甚至几百份工作，但你只想在葡萄酒吧做调酒师，还是在一座摇摇欲坠、一百多年前是个汽船轮渡站的老建筑里。我直截了当地问你是否快乐，没错，我就是如此坦率，你回答："我很知足，爸爸，我现在的生活已经足够好了。"之所以这样回答，是因为我讨厌"知足"和"足够"之类的字眼，你总是很容易就快乐起来，却根本意识不到这份乐观是一种多么大的福气。

也许你是在你妈妈的强迫下才给我打的电话，她可能已经怀疑我生了病，但你还是邀请我到你工作的酒吧去，你说那里的咖啡座供应丹麦开放式三明治，因为你记得小时候和我搭轮渡去丹麦过圣诞节时，我总会吃这种三明治。你妈妈以前经常唠叨着提醒我，要我陪你

做一些特别的事，至少每年做一件，我觉得你知道这一点。可我不习惯和别人坐着谈心，哪怕对方是自己的孩子，我需要时常体验在路上的感觉，于是我带你去旅行，而你却容易晕车，所以我们选择了轮渡。我们都喜欢这种交通方式，不同之处在于，我向往出发，你憧憬归程。我喜欢把一切都抛在身后，你却喜欢站在甲板上，看着赫尔辛堡慢慢出现在地平线上。回家的路途中，自己熟悉的城市的天际线在视野中变得越来越清晰，你爱这种感觉。

去年秋天，我开车来到渡轮码头广场，透过酒吧的窗户看着你，你在调鸡尾酒，逗人们笑。因为害怕自己会不小心告诉你我得了癌症，我没有进去找你，否则你的同情会让我不知所措。况且，当时我已经喝醉了，以至于想起你和你妈妈住过的那座房子门口的台阶，每次我没有遵守承诺去看你，你都会坐在那里等着我；想起你曾经为我浪费掉的时间；想起圣诞节期间的轮渡——总是一大早就开船，这样我们就可以及时回家，让我能喝着酒度过这一天里余下的时间。你十四岁的时候，我

们最后一次去丹麦，我在赫尔辛格的一家地下室酒吧里教你玩扑克，给你演示如何识别牌桌上的输家，告诉你那些喝烈酒的家伙通常都是菜鸟，教你利用那些无法理解游戏规则的人来赢钱，结果你赢了六百克朗，我想继续玩下去，但你恳求地看了我一眼，说："六百已经足够了，爸爸。"

返回轮渡站的路上，你进了一家珠宝店，用赢来的钱买了几副耳饰，我用了一整年的时间才想明白，你买这些不是为了讨好女孩，而是打算送给你妈妈。

自此以后，你再也没有玩过扑克。

我辜负了你，我尝试把你培养成心硬的人，你的心却变得很软很软。

昨天深夜，在医院里，拿文件夹的女人进了走廊，看到我时，她停下脚步，但这一次我没有跑，我记得过去我们每一次的邂逅：她带走我的兄弟、我最好的朋友、我的父母。我不会再害怕了，我要为最后的时刻保

留些许的勇气。

"我知道你是谁，"我平静地说，语调丝毫没有打颤，"你是死神。"

女人皱起眉头，看起来受到了很大很大的冒犯。"我不是死神，"她喃喃地说，"那只是我的工作而已，不能完全代表我。"

我感到呼吸困难，必须承认，在眼下的时刻，这可不是我期待的回答。

女人拉下脸来重复道："我不是死神，我只是个接人上车和送人到站的。"

"我——"我说，但她打断了我。

"你还真是自恋，竟然以为我跟在你屁股后面追了一辈子，一心想要逮住你。可你不明白，我那是在照看你，我怎么会喜欢你这么个白痴的……"她无奈地揉着太阳穴。

"喜……欢？"我结结巴巴地说。

她伸出手，搭上我的肩膀，冰冷的手指向下挪动，从我的前胸口袋里抽出一支烟。女人点燃香烟，抓紧手中的文件夹，也许是被烟呛到了，一滴眼泪沿着她的脸颊滚落下来，她低声说："有喜欢的人是违反规定的，会让我们变得很危险，可有的时候……我们都有……工作不顺心的时候，我去接你的兄弟时，你哭得很厉害，我转过身去，一下子看进了你的眼睛里。按照规定，我们不应该这样的。"

我哑着嗓子问："这么说，你那时就知道……我长大之后会做什么？我将来取得的成就……你全都知道？所以你才带走我兄弟，没有带上我？"她摇摇头："不是这样的，我们不知道未来的事，我们不过是些干活的，但我在你身上犯了个错误，我看了你的眼睛，那感觉很……疼。我们不应该有感觉的，更不应该尝到痛苦的滋味。"

"我兄弟是我杀的吗？"我抽着鼻子问。

"不是。"她说。

我绝望地抽泣着。"那你为什么带他走？你为什么带走我爱的人？"

她轻轻地把手搁在我的头上，低声道："我们没有权力决定谁走谁留，这就是我们不应该感到痛苦的原因。"

　　医生把诊断报告交给我时，我并没有大梦初醒的幻灭感，只是默默地给自己算了一笔账：我一生中做成了哪些事、留下了哪些东西。只有那些软弱的家伙，才会看着我这样的人，指指点点地评论说："他很有钱，可是他快乐吗？"仿佛这是必然规律，但快乐是给小孩和动物准备的，并不具备任何生物学功能。快乐的人什么都不创造，他们的世界没有艺术，没有音乐，也没有摩天大楼，不需要发明和创新。而所有的领导者、所有你心目中的英雄，他们始终都痴迷于某些目标。快乐的人从不迷恋什么，不会把人生投入治愈疑难杂症或者制造飞机的宏大工程中去；快乐的人不会留下任何遗产，他们只为了活着而活着，是纯粹的消费者。我可不是这样的人。

　　然而后来发生了一件事。拿到诊断报告后的当天上午，我沿着海滩散步，两只狗跑进大海，和浪花玩得不亦乐乎，看到这一幕，我不由得很想知道：你是不是就

始终处于这种状态，跟它们一样无忧无虑？你能快乐成
那个样子吗？这样值得吗？

　　拿文件夹的女人收回搁在我头上的手，看上去几乎
有点惭愧了。
　　"我们不应该有感觉，但我不是死……那只是我的
工作而已。我也有……爱好，比如织毛衣。"
　　她指了指自己的灰毛衣。我试探着点点头，因为她
看起来似乎非常期待我的赞赏。隔着烟雾，她也朝我点
点头，我鼓起勇气，做了人生中最用力的一次深呼吸。
　　"我知道你是来带我走的，我也做好了死掉的准
备。"我勉强地说，仿佛讲出一句不情愿的祷告。然而，
她接下来说的话比我想象中的更令人恐惧："我不是来
找你的，时候还没到，明天你还会健健康康地活着，你
会活很长一段时间，也来得及实现你所有的梦想。"
　　我浑身颤抖，像小孩一样抱着自己的胳膊，抽泣着
问："那你来这里干什么？"

"干我的工作。"

她轻轻地拍了拍我的脸颊，继续沿着长廊向前走，最后停在一扇门前，打开文件夹，慢慢地掏出一支黑色的铅笔，划掉文件夹里的一个名字，然后打开了小女孩房间的门。

前天，我听到小女孩和她妈妈吵了起来。女孩想用牛奶盒做一只恐龙，可是没有时间了，她很生气，妈妈也哭了起来。看到妈妈哭，小女孩没再继续发脾气，但她失望地紧抿着嘴，眼睛委屈地一眨一眨，好像在跳摇绳，她握住妈妈的手，说："好吧，那么，我们来玩一个游戏怎么样?"

于是她们玩了一个假装打电话的游戏。妈妈"打电话"告诉小女孩，她被海盗绑架，海盗带她去了一个秘密岛屿，让她帮他们建造会飞的海盗船，船造好后才能放她回家。小女孩哈哈大笑，非要妈妈答应等她从秘密岛屿回来之后，她们要一起做一只牛奶盒恐龙。女孩在

"电话"里说，她正待在一艘飞船上，和"爱星人"在一起。"是'外星人'。"妈妈纠正她。"爱星人，"小女孩纠正妈妈，"他们有许多神秘的机器，机器上有大按钮，他们在我的胳膊上贴了管子。爱星人脸上戴着面罩，身体套在那种一动就会发出沙沙的声音的制服里，只有脑袋露在外面，他们小声说着'这个那个，这里那里，那里这里'什么的，然后从十开始倒数，数到一的时候，你就会睡着，哪怕你根本不想睡！"

女孩陷入沉默，因为虽然这只是个小游戏，可妈妈还是忍不住，再次哭了起来，她只好安慰妈妈："爱星人会救我的，妈妈，他们是最棒的。"

妈妈不停地亲吻小女孩，护士来了，抱起女孩，放到担架车上，推着她进了手术室。手术室里有各种带大按钮的神秘机器，女孩的胳膊上贴着管子，"爱星人"们穿着沙沙作响的制服，戴着面罩，围在床边观察小女孩，她只能看到他们的脑袋，听见他们小声说"这个那个，这里那里，那里这里"，然后从十开始倒数，数到一的时候，小女孩睡着了，尽管她根本不想睡。

承认自己并非你所以为的那种人，称得上是一种相当可怕的经历。你们这些普通人会尽自己所能地拯救一个孩子，对不对？回答毫无疑问是肯定的。所以，当那个穿灰毛衣的女人打开女孩的房门时，我身体的一部分好像裂开了，因为事实证明，我原来比自己想象中的要平凡得多，所以我猛地把女人推开，抢过文件夹，拔腿就跑，一辈子自命不凡的我竟然做出了和普通人一样的反应。

我的车就停在医院外面，我跳上去，一路不停地向前开，车轮在雪地里疯狂打滑，仿佛徒劳地想要抓住什么。我沿着伯格莱登路驶向市区，又顺着海滨大道向北，来到海边，那里有世界上最美的岬角。我在索菲罗城堡的树林间左奔右突，朝拉勒德的那些带露台的房子疾驰，直到抵达111号高速路的入口才放慢车速，在通往主路的导流线上停下车，关掉大灯。一辆运货的卡车驶近了，我踩着油门迎了上去，我不记得撞击的一瞬间发生了什么，只记得撞上去之后耳朵疼得厉害，钢制的车身像锡箔一样皱起来的时候，我的全身都被强光淹没，血流了一地。

女人把我和她的文件夹从汽车的残骸里拖出来，我声嘶力竭地大声哀求："我能找到替死鬼！"她知道所谓的"替死鬼"指的就是我自己，然而这也无济于事，因为她没法用一命换一命，只能一生换一生。

我躺在地上，赫尔辛堡的风倾巢而出，全部灌进我的衣服里，女人耐心地解释道："你死了也没用，为了给小女孩换来活下去的名额，要把另一个活人存在于世的记录抹去，所以，假如你甘愿献出生命，我必须彻底清除你曾经活过的痕迹，所以你根本不会死，因为你从来不曾存在过，从来没有降生到这个世界。"

一生换一生，原来是这个意思。

所以，她把我带到你的身边，因为她需要让我知道，做出如此疯狂的决定，意味着我必须放弃怎样的人生。

一个小时之前，我们站在渡轮码头广场，透过酒吧的窗户看你擦吧台。"一旦失去了孩子对你的关注，你就永远不会重新获得它。"你妈妈曾经这样告诉我，

"他们不再会像过去那样仅仅出于礼貌而听你讲话，那个时期已经一去不复返了。"

女人站在我旁边，指着窗户里的你说："如果把你的生命送给医院里的那个小女孩，你就不再是他爸爸了。"

我疑惑地眨眨眼睛，有点没理解她的意思。

"假如我死了……"

"你不会死，"她纠正我，"你只会被抹掉。"

"可是……假如我不曾……假如我从来没……"

看到我傻乎乎的样子，她疲倦地摇了摇头。"你儿子会继续存在，但他会有一个不同的父亲，你留下的一切也不会消失，但它们会变成别人的成就，消失的是你在人间生活过的痕迹，让人觉得你不曾存在过，你们人类总以为自己随时都能为了什么东西献出生命，可你们根本不知道后果是什么。你很迷恋自己给后世留下的遗产，对不对？你无法忍受死去和被人遗忘的感觉。"

我很长时间都没有说话，我设想了一下假如你是我会怎么做，你是否会为了别人放弃自己的人生？我觉得答案很可能是肯定的，因为你是你妈妈的儿子，而她曾经放弃过自己的人生——假如不是为了你和我，她会过着一种与现在完全不同的生活。

我转身看着那个女人："自从生病之后，我每天晚上都会来这里看看他。"

她点点头："我知道。"

我知道她知道，我现在对某些事的体会加深了许多。"我每天晚上都在想，有没有可能改变一个人。"

"你的结论是什么？"

"我们始终是我们自己。"

她径直朝你走过去，我慌忙喊道："你要去哪里？"

"我必须确定你的心意。"她回答，说着便穿过停车场，开始敲葡萄酒吧的门。

我跟在她后面跑过去，嘶哑地低声问："他能看见我们吗？"

我也不知道自己究竟是否希望你看到我们。女人转过身来看着我，嘲弄地挑起一侧的眉毛："我们又不是该死的鬼魂，他当然能看到我们！"

开门的人是你。虽然你耐心地——像你妈妈一样——

和穿灰毛衣的女人解释，酒吧已经打烊了，但她充耳不闻，兀自咕哝着说："给我来杯啤酒。"这时，你看到了我，那个瞬间，我觉得我们两人各自的世界同时停止了转动。

看到我皱巴巴的西装和脸上的血，你什么都没说，你见过我更糟糕的状态。穿灰毛衣的女人吃了开放式三明治，一连喝掉三杯啤酒，而我只要了一杯咖啡。我意识到你做这份工作是真的开心。我们只交谈了几句，因为我想说的太多，反倒不知从何说起，所以总是陷入冷场。你擦净吧台，把酒杯分类放好，看得出你很爱惜它们，你总是小心翼翼地对待喜欢的东西，仿佛它们有自己的脉搏。你显然爱这家酒吧，爱这座城市，爱这里的人、建筑和那延伸覆盖到厄勒海峡的无边夜幕，甚至也爱这里刁钻古怪的风和那支差劲透顶的球队。这里一直是你想待的地方，而我则恰好相反，在这里，你无须刻意寻求正确的生活方式，你从一开始就处于最适合自己的起点。

我告诉穿灰毛衣的女人你对我说过的话：他们把整座蒂沃利大厦平移到了广场对面。没错，这就是父亲们惯常的作风——当着自己儿子的面，给第三个人讲儿子的故事，而不是让他自己来讲。女人频频向我投来不耐烦的目光。

"你不感兴趣？"我问。

"我真的、真的、真的不感兴趣。"她回答。

你笑了，笑声很响亮，听到你的笑，我的心简直要欢快地唱歌。

我提问，你回答。你告诉我，酒吧里的所有东西都是你设计的，目的是向这座建筑的历史致敬。我很想告诉你，你设计得非常成功，我这样说不是为了你——你很快就会忘记关于我的一切，包括我说过的话——而是为了我自己，我真应该对你说出那句"我为你骄傲"的。

你把整个酒吧都打扫了一遍，我跟在你身后亦步亦趋，尴尬地紧握咖啡杯，你转过身来接我手中的杯子，我们的双手短暂地交叠在一起，透过你的手指尖，我感觉到了你紧张的心跳。

你瞥了一眼穿灰毛衣的女人，她正在研究店里的鸡尾酒单，读到"琴酒、酸橙、茴香酒和橙皮甜酒"那一行时，她顿住了——因为这种鸡尾酒的名字叫做"起死回生者三号"，女人笑起来，你也笑了，尽管你们发笑的原因完全不一样。

"我很高兴，你遇见了一个……就是……跟你合得来的同龄人。"你对我悄声耳语。

不知道该如何回应，我没有说话。

你微笑着亲吻我的脸颊。"圣诞快乐，爸爸。"

我的心仿佛跌落在地板上，你进了厨房，我没有勇气喊你回来，一秒钟就是一秒钟，没有讨价还价的余地；然而每个人都会试图讨价还价，所以，这个世界上，每天都在进行各色各样的人生交易，现在轮到我了。

女人喝光了她点的最后一杯啤酒，拿起搁在吧台上的文件夹，和我走到外面的露天座位区。坐在这个地方，赫尔辛堡最美的景色一览无余，但这里却有一种格外沉静自信的气质，因为它深知自己的美丽是根本不需要炫耀的：海中的波浪翻滚涌动，渡轮泊在港口，丹麦静候在海峡另一边的水天相接处。

"需要怎么操作？"我问。

"我们往里面跳。"女人回答。

"疼吗？"我问。

她忧愁地点点头。

"我害怕。"我说，可她摇了摇头。

"你不害怕，你只是难过而已，你们人类分辨不出悲伤和恐惧的区别，它们会带给你同样的感受。"

"因为什么难过？"

"因为时间。"

我朝酒吧的窗户点点头，低声问："他会记得什么吗？"

她又摇摇头。"有时候，在某些瞬间，他可能会觉得若有所失，但是那种感觉……很快就会……"她打了个响指。

"那个小女孩呢？"

"她会继续过她的生活。"

"你会一直照看他们吗？"

女人缓缓地点点头："反正我从来都不喜欢那些规定。"

我系好夹克上的扣子，风一如既往地从下朝上吹。

"我们去的地方……冷不冷？"我问。

女人没有回答，只是默默地递给我一副针织手套。手套也是灰色的，但其中一只上面有根细细的红线，她从口袋里掏出一把小剪刀，仔细地把线剪掉，然后抓住我的双手，带着我往里跳。你永远不会读到这些话，永远不会坐在你妈妈家门口的台阶上等我，我也从来没有浪费过你的时间。

我和拿文件夹的女人一起往里跳的时候，最后看了赫尔辛堡一眼，它还是那座你我都熟悉的城市，剪影有着家的轮廓，在这最后的时刻，它终于同时属于我们两个人了。

对我来说，这已经足够好了。

你很快就会醒来，现在是平安夜的早晨。还有，我爱你。

[全书完]

弗雷德里克·巴克曼

Fredrik Backman

1981年生于瑞典赫尔辛堡

以撰写博客和杂志专栏起家

被评为2016年瑞典年度作家

已出版作品

《一个叫欧维的男人决定去死》

《外婆的道歉信》

《清单人生》

《时间的礼物》

喜欢巴克曼的故事吗?

这里还有更多哦

扫一扫,
分享你的读书心得,看看同爱这本书的人都在聊什么。
关注"果麦麦的好书博物馆",每天推荐一本好书,
90秒体验阅读快感,看编辑大大各显神通,
为你定制专属书单。

时间的礼物

产品经理 | 孙雪净   书籍设计 | 星　野
技术编辑 | 白咏明   插图作者 | 张弘蕾
执行印制 | 路军飞   媒介推广 | 王维思
　　　　　　　　　　　　　出 品 人 | 吴　畏

图书在版编目（CIP）数据

时间的礼物 / (瑞典) 弗雷德里克·巴克曼著；孙
璐译. -- 天津：天津人民出版社，2018.12
ISBN 978-7-201-14282-1

Ⅰ. ①时… Ⅱ. ①弗… ②孙… Ⅲ. ①长篇小说 - 瑞
典 - 现代 Ⅳ. ①I532.45

中国版本图书馆CIP数据核字(2018)第270087号

Ditt Livs Affär by Fredrik Backman
Copyright © 2016 by Fredrik Backman
Published by arrangement with Salomonsson Agency AB, through The Grayhawk Agency Ltd.
Simplified Chinese translation copyright © 2018 by Guomai Culture & Media Co., Ltd.
All rights reserved.

图字02-2018-363

时间的礼物
SHIJIAN DE LIWU

出　　　版	天津人民出版社
出 版 人	刘　庆
地　　　址	天津市和平区西康路35号康岳大厦
邮 政 编 码	300051
邮 购 电 话	022-23332469
网　　　址	http://www.tjrmcbs.com
电 子 信 箱	tjrmcbs@126.com
责 任 编 辑	张　璐
特 约 编 辑	韩　伟
产 品 经 理	孙雪净
书 籍 设 计	星　野
插 图 作 者	张弘蕾
制 版 印 刷	北京盛通印刷股份有限公司
经　　　销	新华书店
发　　　行	果麦文化传媒股份有限公司
开　　　本	889×1194毫米　　1/32
印　　　张	2
印　　　数	1-35,000
字　　　数	27千字
版 次 印 次	2018年12月第1版　2018年12月第1次印刷
定　　　价	36.00元

图书如出现印装质量问题，请致电联系调换（021-64386496）

版权所有 侵权必究